4867

A MA GAZETTE,

Imitation de la IXe Satire de Boileau.

Yvert

A MA GAZETTE,

IMITATION

DE LA IXe SATIRE DE BOILEAU,

PAR

Eugène YVERT,

RÉDACTEUR DE LA GAZETTE DE PICARDIE.

Tu , vivendo bonos , scribendo sequare peritos.
DESPAUTÈRE.

JUIN 1844.

A MA GAZETTE.

Tu, vivendo bonos, scribendo sequare peritos.
DESPAUTÈRE.

Ma GAZETTE, c'est vous à qui je veux parler ;
Vous avez des travers que je dois flageller.
Assez et trop long-temps ma large complaisance
De vos écarts nombreux a souffert la licence,
Mais craignant, grace à vous, l'amende et la prison,
Je dois, sans plus tarder, vous mettre à la raison.
On croirait, à vous voir sans gêne, sans mystère,
Critiquer tour-à-tour Chambres et Ministère,
Apologétiser par d'imprudens écrits
Les royalistes purs que l'Adresse a flétris ;
De nos hommes d'État condamner les sottises,
Que feuille invulnérable, à l'abri des assises,

Vous pouvez hazarder le plus hardi caquet,

Sans attirer sur vous les foudres du Parquet ;

Mais moi que font trembler nos Jupiters en robe,

Qui les vois, étayés d'un jury libre et probe,

Contre certains journaux, oracles indiscrets,

Obtenir à leur gré de terribles arrêts,

Je ris, lorsqu'à mes yeux, vous, feuille de province,

Dont la voix est si faible et le talent si mince,

Vous osez affronter un dangereux débat,

Vous mêler, sans raison, de réformer l'État,

Et frondant les parleurs de l'une et l'autre Chambre,

Vous heurter follement au code de Septembre.

Que si, pour satisfaire à votre engagement,

Il vous faut apparaître hebdomadairement,

Sans risquer de vous voir traîner sur la sellette,

Abjurez désormais ce titre de GAZETTE ;

Adoptez, pour mieux être à couvert du danger,

Les erremens du *Globe* ou ceux du *Messager* ;

An Pouvoir, quel qu'il soit, prodiguant vos hommages,

Vous feriez, tous les mois, fructifier vos pages ;

Bien loin d'appréhender de ruineux arrêts,

Vous iriez émarger l'état des fonds secrets,

Et l'honneur, que Guizot comprend à sa manière,

Suspendrait son étoile à votre boutonnière.

Mais en vain je voudrais ici vous désarmer

Par l'appât d'un destin si bien fait pour charmer,

— Inutiles efforts ! je demeure insensible,
Et prétends, dites-vous, rester incorrigible.
Je tiens à témoigner qu'on peut être Journal,
Sans devenir servile, apostat et vénal.
— Ainsi parle un esprit obstiné dans sa ligne,
Et dont, mal-à-propos, l'entêtement insigne
Croirait de ses lecteurs avoir démérité,
S'il dérogeait un jour à sa fidélité;
S'il osait imiter ces renégats, ces traîtres,
Qui, lorsque le malheur vint accabler leurs maîtres,
Détournèrent leurs yeux du triste Rambouillet,
Pour courir adorer le Soleil de Juillet.
— Mais dussiez-vous, un jour, aux mépris désignée,
Soulever le dégoût de la foule indignée,
Et, s'il se peut enfin, tomber encor plus bas
Qu'est tombé sans pudeur le *Journal des Débats*,
Ne valait-il pas mieux prêter au Ministère,
Et trouver dans sa bourse un appui salutaire,
Que d'aller attaquer, en vos fougueux élans,
Sa marche, ses projets, son système, ses plans,
Et forcer, pour lui faire éplucher vos articles,
Le Procureur du prince à frotter ses bésicles ?...

Vous vous flattez peut-être, en votre cécité,
D'arriver aux splendeurs de la publicité;

De voir les abonnés courir, en foule épaisse,
Assiéger vos bureaux et remplir votre caisse :
Mais combien de journaux, à leur début prônés,
Par d'heureux concurrens se sont vus détrônés!
Combien ont vu fêter, briller leur nouveau règne,
Qu'aujourd'hui le public et délaisse et dédaigne !
Demandez au Calchas-*Constitutionnel*,
Du vieux libéralisme oracle solennel,
A quel point il a vu, depuis mil-huit-cent-trente,
Se fondre, s'amoindrir le chiffre de sa rente !
Osez vous enquérir du nombre d'abonnés
Dont les noms sur sa liste ont été bâtonnés :
Son modeste voisin, le marchand de brioches,
A mis, depuis treize ans, moins de sous dans ses poches,
Que ce triste journal n'a, perdant ses lecteurs,
Parmi les épiciers, compté de déserteurs.
Contraint à se soumettre aux rigueurs de la baisse,
A prendre le niveau du *Siècle* et de *la Presse*,
Il dut, bon-gré mal-gré, pour renforcer ses rangs,
Descendre des hauteurs de ses quatre-vingts francs,
Et chèrement payer les secours salutaires
Que brocante à haut prix l'écrivain des *Mystères ;*
L'auteur industriel qui, très-subtilement,
Met le roman en drame et le drame en roman ;
Dont la plume féconde, au travail assidue,
N'alimente un journal qu'à titre de sang-*sue*,

Et se fait par Bertin compter cent mille francs,
Pour apprendre aux salons l'argot des *tapis-francs*.

Mais je veux que le sort, par un hazard propice,
Vous préserve des coups de la stricte-justice,
Et que vos feuilletons, plus ou moins mal tournés,
Sachent, de temps en temps, plaire à vos abonnés ;
Je veux que votre feuille, éternelle satire,
Aux lèvres du lecteur amène le sourire,
Et qu'enfin, grace à vous, l'âcreté d'un bon mot
Déride le public aux dépens de Guizot ;
Que vous sert la faveur de quelque royaliste,
Si Guizot tout puissant vous nargue, vous résiste,
Et si le coq gaulois, ferme sur ses ergots,
Vous écrase du bruit de ses coquericos ?..
Quel démon vous agite et vous porte à médire ?
Un discours vous déplaît... qui vous force à le lire ?
N'allez point exhumer des flancs du *Moniteur*
Un pesant bavardage, effroi de l'auditeur.
Du président Pasquier les harangues sans nombre,
Les sermens, les chansons, perdus, cachés dans l'ombre,
Chez leur triste éditeur moisissent par les bords...
Laissez-les y pourrir ; ceux qui sont morts sont morts.
Et qu'ont dit tant d'élus, pour que votre anathème
Surgisse à leur encontre et s'érige en système ?

Que vous ont fait Hébert, Chégaray, Ganneron,
Latournelle, Denis, Roul, Darblay, Fulchiron,
Dont les illustres noms, placés comme en leurs niches,
Vont de vos méchans vers gonfler les hémistiches?..
Leur parlage vous pèse... ô le plaisant accès!
Ils ont bien ennuyé jusqu'au Roi des Français,
Sans que du moindre édit la sagesse opportune
Ait à leur bavardage interdit la tribune;
Divague qui voudra : ce droit de tout élu
Est certes le plus beau qui lui soit dévolu.
Mais vous qui vous moquez des *tartines* des autres,
De quel œil croyez-vous qu'on regarde les vôtres?
Dans le Juste-Milieu rien n'échappe à vos coups,
Mais savez-vous aussi comme on daube sur vous?
Gardez-vous, dira l'un, de ce journal carliste,
Frondeur systématique, obligé pessimiste,
Qui distillant le fiel en son triste bureau,
Se fait cent ennemis par chaque numéro.
Il transforme en sa prose et dans sa poésie,
Notre haute sagesse en lâche apostasie;
Dans le Gouvernement trouve-t-il rien de bon?
Est-il homme de cour qu'il n'appelle un félon?..
Mais au jeu politique, impuissante mazette,
Il n'est qu'un faible écho de la grande *Gazette;*
Bien avant lui, Genoude avait, dans son journal,
Dit qu'il fallait changer le code électoral,

Qu'il fallait en finir avec le monopole.

Chez nos réformateurs il s'est mis à l'école :

Il affecte leur ton, se modèle sur eux ;

Jamais je ne les lis ; mais il serait heureux

Qu'on pût exterminer leur engeance incommode,

Grace aux lois dont Septembre alongea notre code.

Voilà comme on vous traite, et vos amis tremblans

Vous supposent déjà locataire à Doullens ;

Auprès de Dupoty, l'écrivain populaire,

N'ayant pour vos ébats qu'un réduit cellulaire,

Et trop heureuse encor, si monsieur Duchatel

Ne vous fait point percher sur le Mont-Saint-Michel !

Voulez-vous donc, pour prix de votre étourderie,

Passer des Grands-Chapeaux à la Conciergerie,

Et sous le coup fatal d'un effroyable arrêt,

Servir de camarade au fameux Desmarest ?

Car dans ces temps heureux où la littérature

Est auprès du Pouvoir en si belle posture,

L'écrivain délinquant est, vous le savez bien,

Accouplé, sans façon, près du galérien,

Et buvant de son eau, cassant la même croûte,

Corde au cou, poings liés, avec lui fait sa route.

Avant qu'un pareil sort vous frappe à votre tour,

Vous corrigerez-vous ? répondez sans détour,

Ma Gazette, parlez. . . Mais, direz-vous, peut-être :

— Vous vous épouvantez à tort, mon très-cher maître,

Quoi! pour quelque ventru que je glose en riant,
Est-ce un crime, après tout, si noir et si criant?...
Et qui, voyant Guizot s'applaudir d'un système,
Juste objet de mépris, de honte et d'anathème,
Pourrait, dans son dépit, ne pas dire aussitôt :
O le laid doctrinaire ! O le vilain magot !
Se peut-il qu'un pays aussi fier que la France
D'un si mesquin despote endure l'arrogance,
Et se laisse mâter par l'ignoble calcul
Qui nous met sans pudeur sous les pieds de John-Bull !
En s'exprimant ainsi, je ne fais, moi, GAZETTE,
Que redire tout haut ce que chacun répète.
Le dernier des Français, voyant que tout va mal,
Peut maudire un ministre à notre honneur fatal.
Au débitant modeste, électeur en boutique,
Il n'est pas défendu de parler politique,
Ni de crier partout que du Juste-Milieu
Le commis principal n'est pas un Montesquieu.
Il n'est mince employé, petit clerc de notaire
Dont l'accent, à bon droit, n'accuse un Ministère,
Qui timide et poltron parmi les plus couards,
Désavoue humblement ce Dupetit-Thouars,
Coupable d'avoir fait sans permis britannique,
Un acte de vigueur sur la Mer-Pacifique.
A peine un Cabinet se voit-il composé,
Qu'aux sarcasmes de tous il se trouve exposé;

En vain prononce-t'il, aidé par la Couronne,
Ces morceaux d'apparat, discours de la *Garonne*,
Il ne désarme point un public patenté
Dont l'impôt écrasant est sans cesse augmenté.

Mais, dira-t-on, j'ai tort, et surtout quand je nomme :
— Berner Montalivet! c'est un si gros bonhomme !
Bertin en fait l'éloge en mille endroits divers :
Toutefois, s'abstenant de la Chambre des pairs,
Loin de la politique, à l'abri des attaques,
Il eût dû s'en tenir à rester Maître-Jacques,
Et des Bourbons aînés puissant triomphateur,
Ne point nous repasser son fameux mal de cœur.
— Voilà ce que l'on dit; et que dis-je autre chose?
Contre lui, dans mes vers, ai-je, écrivain morose,
Outrepassé mon droit? ma plume, en le frondant,
Sait de l'homme d'État distinguer l'intendant.
Qu'en serviteur fidèle et d'un dévoucment rare,
De la Liste-Civile il se témoigne avare;
Que pour flatter les goûts du bon Juste-Milieu,
Il perçoive et dépense en vrai Fesse-Mathieu;
Que refusant un liard aux cris de l'infortune,
Il reste dur et froid; j'y souscris sans rancune;
Mais que hors de l'office où l'a mis son patron,
Il affecte au Sénat les airs d'un Cicéron;

Que lancé fièrement dans les plus hautes sphères,
Il vienne de l'État cuisiner les affaires ;
Qu'ordonnateur gagé de bals et de festins,
Il se permette aussi de régler nos destins,
Et qu'enfin sa raison paraisse la meilleure
Pour grossir le budget qui lui fournit son beurre !..
Cela me semble, à moi, plus dur à digérer
Que les banquets royaux qu'il a fait préparer.
Toutefois, s'il le faut, je veux bien m'en dédire,
Et pour l'apologie abjurer la satire ;
Je le déclare donc : Guizot est un Sully ;
Devant Martin (du Nord) Malesherbe eût pâli ;
Le président Pasquier, à ses honneurs fidèle,
En fait de stoïcisme est un parfait modèle ;
Séguier par ses vertus éclipse Lamoignon ;
L'auteur du Télémaque est vaincu par Trognon ;
Enfin, grace aux trois jours du grand Mil-huit-cent-trente,
La France, à tous les yeux, fière et prépondérante,
Applaudit un Pouvoir qui, trop long-temps cherché,
Sincère et libéral, gouverne à bon marché,
Et dont la loyauté, donnant les lois promises,
A fécondé le champ des libertés conquises !
— Très bien ! mais, par malheur, les gens que vous louez
Vont, en vous écoutant, se croire baffoués ;
Et Dieu sait aussitôt quels torrens de colères
Vomiront contre vous les valets doctrinaires !

Vainement diriez-vous que vous avez à cœur
De servir le pays, de venger son honneur,
De siffler les pervers, auteurs de sa souffrance :
Qui déteste Guizot, ne peut aimer la France,
Et n'est, selon Guizot, Duchatel et Martin,
Qu'un carliste enragé, qu'un fougueux jacobin.
— D'un tel triumvirat, direz-vous, je me moque ;
Tant pis pour lui, ma foi ! si mon style le choque.
Afin de châtier mon prétendu méfait,
Tout le mal qu'il a pu, ne me l'a-t-il pas fait ?
Pour subventionner la presse plate et lâche,
Qui fait, de le prôner, sa méprisable tâche,
Tarissant la ressource acquise à mon bureau,
N'a-t-il pas à Thémis arraché son bandeau,
Et des insertions dites judiciaires,
Fait ses dignes soutiens seuls bénéficiaires ?...
Si grace à mon courage, à plus d'un noble appui,
J'existe et parle encor, certes c'est malgré lui.
Or, ce triumvirat, né du vingt-neuf Octobre,
Et qui pèse sur nous du poids de tant d'opprobre,
Touche, j'en crois ici des présages certains,
Au moment désiré, terme de ses destins,
Et j'affirme, à l'aspect de son heure fatale,
Qu'en dépit de Martin, mon *annonce* est *légale*.

AMIENS , IMP. DE E. YVERT.

www.ingramcontent.com/pod-product-compliance
Lightning Source LLC
Chambersburg PA
CBHW070805200626
46811CB00023B/2464